KB260279

빗방울 되어 그리움에게 달려가고 싶다

빗방울 되어 그리움에게 달려가고 싶다
정남채 시집

초판 인쇄 | 2006년 03월 15일
초판 발행 | 2006년 03월 20일

지은이 | 정남채
펴낸이 | 신현운
펴는곳 | 연인M&B
기　획 | 여인화
디자인 | 이희정
등　록 | 2000년 3월 7일 제2-3037호
주　소 | 143-874 서울특별시 광진구 자양동 680-25호 (2층)
전　화 | (02)455-3987, 3437-5975　팩스 | (02)3437-5975
홈주소 | www.연인mnb.com / www.yeoninmb.co.kr
이메일 | yeonin7@chol.com

값 6,000원

저자와의 협의에 의하여 인지는 생략합니다.
ⓒ 정남채 2006 Printed in Korea

ISBN 89-89154-55-3 03810

이 책은 연인M&B가 저작권자와의 계약에 따라 발행한 것이므로 본사의 허락 없이는
어떠한 형태나 수단으로도 이 책의 내용을 이용하지 못합니다.
　잘못된 책은 바꾸어 드립니다.

정남채 시집

빗방울 되어 그리움에게 달려가고 싶다

연인 M&B

| 시집을 내면서… |

"진정 사랑했노라!" 말할 수 있는 사람에게 이 시집을 바칩니다.

사랑하는 사람을 만날 때까지 아무도 안개를 보았다고 말하지 말자
_시, 〈안개가 있는 풍경〉 중에서

사랑하는 것은 누구나의 자유입니다.

그러나 사랑은 간절한 사랑, 강력한 사랑, 지독한 사랑, 미친 사랑을 하는 자의 몫입니다.

인류의 시작은 사랑과 자유일 것입니다. 마찬가지로 저의 시집에서 시작은 사랑과 자유이고 끝 역시 사랑과 자유입니다.

사랑에 감염되어 자기의 전 생애를 바칠 수 있는 사랑!

그 사랑이 그립습니다. 그립다 못해 처절하게 사랑을 노래하다 죽은 시인을 만나고 싶습니다.

　그 시인은 아마도 이 시집 『빗방울 되어 그리움에게 달려가고 싶다』를 이해하는 저의 독자일 것입니다. 그러한 독자라면 저는 서슴없이 그들을 빗방울 시인이라 부를 것입니다. 눈부시게 아름다운 그리움의 시인이라 부를 것입니다.

　삶은 고독합니다.
　그 고독하고 절망에 가까운 삶을 항상 희망에 옮겨놓는 항해가 바로 사랑과 자유에 대한 끝없는 향유라고 봅니다.
　하루하루 삶의 엑기스와 희망은 사람입니다.
　저는 절제되기도 하고, 때론 격렬하게 소리칠 수 있는 그런 목소리를 좋아합니다.
　어떤 향기의 목소리가 세상을 변화시킬 것인가 보다는 진실이 울려퍼지는 참다운 고백과 독백만이 진정한 시인의 길이라 믿고 싶습니다.
　부단한 자유의지에 대한 표현이 사랑이라면 나는 그 사랑을 위해 불꽃과 풀씨가 되는 아침 이슬을 그 무엇보다 소중하게 생각합니다.
　아침 이슬과 함께 세상을 불태우는 풀잎이 되어, 오늘도 사랑을 향해 돌진하는 돈키호테를 위한 시를 준비할 것입니다.

2006. 2. 28
그리움의 시인
정남채 올림

2부 빈 집

3부 발자취

1부
기다림에 대한 소묘

아직도 밖은 빗방울이 세상을 지배하고 있다
빗방울 소리 거셀수록 내 마음 속에 존재하는
그리움이 어느새 그 빗방울 되어
내 그리움의 창문을 두드리고 있었을 것이다
차라리 장님이 되어 마음 속에
그리움을 꽉 잡고 싶다
단 한 번의 여행이 될지라도
아예 그리움의 마음 속에 살기를 작정한 시인이 되기로 했다
다시는 혼자 걸어 나오지 않을 거라고, 않을 거라고

「빗방울 되어 그리움에게 달려가고 싶다」 중에서

빗방울 되어 그리움에게 달려가고 싶다

1. 아직도 밖은 빗방울이 세상을 지배하고 있다
   언제부터인가, 생각해 본 배경이 떠올랐다
   만약 빗방울이라도 내리지 않았더라면
   미쳐서 죽을 것만 같은 현상이 반복되었을 것이다
   내 그리움이 연락을 끊고
   빗속 어딘가에 숨어 버렸다면
   남겨진 그리움은 속이 타들어가 숯덩이가 될 일이다
   심장이 멎을 것만 같은
   온몸이 전율하는 이 시간은 죽은 시간인가?
   살아 있는 시간인가?
   외로움이 온몸을 결박하는 그런 날일수록
   내 안에 남은 지독한 열병을 치유하기 위해
   스스로 절망 연습을 되풀이하지만
   빗방울 소리 거셀수록 내 마음 속에 존재하는
   그리움이 어느새 그 빗방울 되어
   내 그리움의 창문을 두드리고 있었을 것이다

   차라리 장님이 되어 마음 속에
   그리움을 꽉 잡고 싶다

2. 눈뜬 채 그냥 시간만 가라는 식의 기다림은 싫다

   하나의 형벌이었다, 자꾸만 떠오르는 그리움의 얼굴이

   없어지지 않는 최고의 형벌이었다

   내가 어느새 그리움의 가슴 속에서 몸부림치며

   살고 있다는 현실

   사람의 마음 속에 이토록 깊고 크고 진한 그리움이

   살고 있다는 것

   내 안의 수많은 눈물의 독백들이 냇물을 빚어

   강물을 조각하고

   거대한 바다를 형성했다는 사실을

   더 이상 숨길 수조차 없는 지금

   빗방울이 되어 당신에게 달려가고 싶다

   내 안의 그리움 향한

   단 한 번의 여행이 될지라도

   아예 그리움의 마음 속에 살기를 작정한 시인이 되기로 했다

   다시는 혼자 걸어 나오지 않을 거라고, 않을 거라고

그리움에게 보내는 편지
―〈느리게 산다는 것의 의미〉의 피에르 쌍소에게

1. 가장 힘들 때 제일 먼저 떠오르는 그리움에게
   아침에 일어나 컴퓨터를 켜서 인터넷 뉴스를 보면
   벌써 어제의 뉴스는 벌써 가치 없고
   쓸모없는 애깃거리가 되어 사람들의 기억 속에서
   아득히 사라져가고 있다
   세계는 정보의 홍수 속에 휩싸여
   내가 서 있는 위치조차 분간하기 어려울 만큼
   '빨리빨리' 의 습성에 쉽게 감염되어 버렸다
   마치 우리는 속도의 무한경쟁 속에서
   살아야 하는 것처럼 생각하고 있는지도 모를 일이다
   나 역시 '빨리빨리' 습성을 버리지 못한 채
   조급하게 생활해 왔는지도 모르겠다
   속도의 시대에 살면서
   우리가 우리 스스로 마법을 걸어
   우리의 마음을 조급하게 만들고 있지만
   이러한 때일수록 느리게 살 필요가 있더구나
   '느림' 이란 인간으로서
   만끽할 수 있는 '자유' 아닐까?

   시간을 재촉하지 않으며
   그리움을 만끽할 수 있는

2. 나를 모두 받아들일 수 있는 그리움에게
　물질이 우리 정신을 지배해 왔다면
　풀잎 공화국의 이슬들의 꿈들은
　물거품이 되어 산산이 증발될 것이지만
　그건 아니다
　아니다
　잘 살아 보겠다는 것과
　사유는 차원이 다른 법
　오로지 앞만 바라보고 달려온 것이
　자본주의 속성에 모두 흡입된다는 논리를
　인정할 수 없지 않느냐?
　이 시대의 큼직큼직한 이슈, 테마가
　정신없이 바쁜 일상을
　휩쓸고 지나가지만
　속도화된 이 세계에서
　자신을 되찾는 '느림' 의 방법이
　도피의 수단이나 회피의 수단으로 전락하고
　수구적인 의미로 지속되어서는
　절대 안 될 일이구나

느리게
아주 오래 기억되는
그리움에게 가고 싶다

백로(白露)

잊혀지면 가슴 속에 새기는 그런 일을
반복하는 저 둥근 지구 자전축 아래로

초록빛 절망의 그림자가 휘어지고, 채 맺히지 못한 이슬처럼 서
울의 거리를 달라붙는 오늘의 속성, 그러나 물방울 튕기듯 새들이
날아간다아, 한강은 맑고 투명한 벽유리를 흔들며 춤을, 깊은 춤을
춘다아, 다시 물안개는 거대한 슬로우풍으로 압구정동 어디쯤 육상
한다아, 사람의 외로움도 끝물이 들면 무서워지듯 하구(河口)에는
서러움이 퇴적되고 떠는 창백히 떠는 풀잎들, 더 이상 부서질 수 없
는 이 시대의 순수로 우리 다시 만나리, 햇살 내려앉은 긴 방죽의
풀잎들은 눈빛 서린 메시아가 불탄다

지상의 마지막 순결로 서울을 불태운다

* 백로(白露): 24절기 중의 하나이며, 이슬이 처음 맺히는 날임

안개가 있는 풍경 1

　안개로 이어진 다리 위를 서성거릴 때부터 나는 그것이 기다림이 아니라는 사실을 안다, 거리엔 안개의 인파로 가득하다, 남춘천역 전화부스에서 수화기를 들었다, 긴급버튼을 눌러 114에 전화를 걸었다, "여보세요? 거기, 가장 외로운 사람 없나요? 나보다 더 외로운 사람……" 잠시 후, 따귀라도 후려치듯 '툭' 수화음이 끊긴다, 뒹군다, 가장 외로울 때 전화 걸 상대가 없는 듯 맥빠진 뒷모습이 안개에 조각조각 잘리고 있다, 법원 위로 솟구친 철탑 위로 빨간 십자가가 유독 크게 보인다, 크게 보이는 것이 이 시대의 가장 핵심이 된 지 오래, 탑 가수, 탑 기사, 탑 페니스, 탑 건 등등, 탑이 되면 그 자체로 화제가 된다, 돈이 된다, 나는 탑을 꿈꾸진 않는다, 시선을 모으고 싶진 않다, 탑은 언제나 외롭고 쓸쓸히 서 있었다, 안개로 꽉 찬 도시의 한복판에서, 아직 안개 공화국에 나는 걸쳐 있었다, 안개로 이어진 정국은 해결될 기미가 보이지 않는다, 그 속에서 돈이 오간다, 모자이크처리되는 화면, 나는 지상에서 가장 순수한 풀잎들을 좋아한다, 풀잎들이 이슬과 몸을 섞어 반짝일 때마다 흥분하곤 했다, 흥분하는 것은 자유다, 거대하고 느리게 흐느껴 우는 안개 속에서, 풀잎들이 이슬과 만나 몸을 불태울 때까지, 사랑하는 사람을 만날 때까지 아무도 안개를 보았다고 말하지 말자

　안개가 걷힌 방죽 위로 자궁 속 태양이 뜬다

안개가 있는 풍경 2

안개로 꽉 찬 도시의 마지막 버스를 기다린다아

아직도 일 미터 전방도 볼 수 없는 세계의 절망 속에서 또 얼마의 기다림들이 툭툭 피어올라야 하는가, 풀섶에 납작 엎드리며 한 구역에서 또 다른 구역까지 꾸역꾸역 들이밀고 마는 미증유의 시간들이 공지천에 서성이고, 어둠 속에 가장 화려한 세계의 스트립쇼가 생기기 훨씬 이전부터 흩어지고 마는 말의 변증법이여, 혁명이여, 소양강의 한 테두리를 장식하는 경춘선의 기적 소리가 남춘천역을 강타할 때마다 사람들은 노오란 체념의 습성에 길들여진다아, 아, 땅으로 기는 자만이 땅의 냄새를 맡을 수 있으리라, 어느덧 약자 위에 굴림하는 자들의 기동성은 안개주의보를 동반하며 머나먼 동해안에 진입하곤 한다아, 저들의 몸짓은 배고픈 자의 머리 위에 혹은 강한 자의 발밑일 때가 많았다아, 야, 정신차려! 닭대가리 같은 것들! 탄력 있는 흰색 스타킹 같은 근육으로 거대한 색의 공화국을 흡입한다아, 뱉어낸다아, 반 미터 전방을 식별할 수 없는 오지의 정류장에서……

마지막 버스가 단절된 길 위에 나는 서 있었다아

안개가 있는 풍경 3
—홍등가 아가씨의 유언

내 몸은 그 누구의 것도 아니랍니다

　단지, 스쳐 지나가는 바람이라고 불러주세요, 빠알간 등불 앞에서 기다리는 그런 존재로 기억하지 말아주세요, 떠돌아다니다 결국에 가는 곳이라고 처음엔 생각했지만, 이곳도 나름대로 사람이 사는 곳이랍니다, 물론 필요악이라는 사실 또한 인정합니다, 내가 봉사할 누군가를 열심히 기다리는 여인이 될지라도 우리의 존재를 인정해 줄 그런 사람만 있다면 나 족하답니다, 나는 욕심을 내며 살진 않았어요, 욕망을 부리면 부릴수록 우리의 삶은 비탈길로 추락하는 슬픈 날개에 불과했지요, 지상에서 가장 연약한 나무로 살다가 꽃과 나뭇잎을 지상에 선사하는 그런 나무로 생을 마감하고 싶답니다, 사랑하는 사람을 만나 내 가진 것 다 주고도 모자라 내 마음까지 주었던 추억이 스크린처럼 선명하지만, 모두다 이젠 허무 이데올로기라고 생각합니다, 겨울에 추적추적 내리는 비가 내가 살고 있는 비좁은 장소를 적실 때마다, 우리는 가장 따뜻한 이불을 그리워했고, 천둥, 번개가 내려칠 때는 지상에서 가장 추한 무리들을 벌해 달라고 기도도 했답니다, 포로노 배우가 프랑스에선 정치를 한다고 하지요, 우리는 정치도 경제도 잘 모릅니다, 아는 것은 착한 사람과 악한 사람만을 알 뿐입니다, 우리를 속이는 사람은 악한 사람이지요, 우린 숏타임, 롱타임으로 적어도 사람을 구분하진 않습

니다, 홍등가가 문을 닫는다는 요즘의 현실, 아마도 우리를 찾지 않
더라도 사회 속에 쾌락을 해소할 수 있는 새로운 장소와 도우미가
생겼기 때문이겠지요, 우리는 그러한 현실을 경악하는 나무가 아닙
니다, 대자연 속에 살아 숨쉬는 나무들의 나뭇잎일 뿐이랍니다

   자신을 오므려 사는 낙엽이 되는 꿈도 꾸지요

안개가 있는 풍경 4
—개들의 독백

사람들이 세상을 비유할 때 이러지요

  개 같은 세상이라고 말하지요, 한쪽에선 격앙된 목소리로 개 같은 새끼, 개 같은 넘들로 공기를 어지럽히지요, 나는 개로 태어나 주인을 믿고 따르며 시키는 대로 살아왔는데, 항상 사람들은 그 많고 많은 동물 중에 우리만 나쁜 존재로 비유하네요, 어떨 때는 복날을 기념하기 위해 초복이, 중복이, 말복이라는 이름으로 우리 형제들을 부르시더군요, 싫지요, 우리는 알래스카의 혹한 속에서도 주인님과 그 가족들을 위해 썰매를 끌기도 하고, 술에 취한 동사(凍死) 직전의 주인님을 구하기 위해 십여 리 되는 집까지 가서 마을사람들을 데려와 주인님을 살리기도 하지요, 우리를 개값으로 팔아넘긴 주인님이 그리워 진도까지 손발 다 닳도록 달려가기도 했지요, 우리는 한때 개값이 금값이라는 이유로 이름도 얼굴도 모르는 짐승에게 한밤중에 주로 유괴당하는 수난 속에 살기도 했고, 지금은 정말 보신용 외에는 별로 개 취급받지를 못하고 있지요, 근데 우리 같은 개 중에도 애완견은 특별 취급을 받아 좋은 옷에 좋은 신발, 멋진 모자, 맛있는 음식, 푹신한 침실에서 생활하지요, 그러나 그놈들도 나이 들면 우리 시대 노인들처럼 버려지거나, 내쫓기는 신세가 되기도 한답니다, 애완견으로 태어나 다리를 저는 그런 노인견은 십중팔구 내쫓겨 자동차에 치였거나, 다른 무식한 견들한테

물려 이곳에까지 온 것이지요, 애완견들 왈, 그래도 개 팔자가 상팔
자라고 불렸던 전력을 자랑스럽게 이야기하면 그놈들이 죽도록 물
고 싶더군요, 나는 개로 태어나 주인님 냄새를 제일 좋아했고, 주인
님이 죽으라면 죽는 시늉까지 했답니다, 그것이 굳이 죄라면 죄이
지요 이젠 말해 주세요

　개 같은 세상이 얼마나 좋은 의미인지를……

안개가 있는 풍경 5

거대한 스모그가 피어 오르고 있다

아직 축축한 거리는 한 치 앞을 볼 수 없다 컨테이너 부두의 기적 소리가 부산역 광장을 통과한다 가슴이 크고 아름다운 글래머의 여성이 발에 밟힌 채 발악을 한다 아, 비명 소리 신음 소리 몇 장 찢겨지고 뜯겨진 채 바람은 한 장 남은 플레이보이를 날려 보낸다 2차 3차 4차로 향하는 취객들의 기침 소리가 노랗고 딱딱하게 굳어져 버린다 119 구급차의 사이렌 소리가 도시 한복판을 가로지르고 세상에 대한 믿음과 절망이 순간순간 교차한다 "자식이 생활고를 못 이기고 공원에 치매 든 아버지를 버렸다"는 멘트에 이어 "신호등을 무시하고 질주하던 아베크족 커플이 음주운전으로 어린아이를 치고 도주하다 잡혔다"는 YTN 이 시각 주요뉴스가 24시간 편의점에 잠시 머물다 나간다, 주차된 자동차의 윈도우 부러쉬마다 24시간 출장마사지 폰팅 무보증 대출 100% 부킹이 새겨진 명함과 전단지가 빽빽이 꽂혀 있다 아, 슬픔을 간직한 채 뒤틀린 노인의 척추처럼 세계는 타원형으로 거대하고 느리게 휘어진다 휘어지는 빗줄기, 휘어지는 낙엽, 타원형처럼 휘어지는 입술, 휘어져 겹쳐진 남자와 여자, 직선으로 가다 결국 휘어지고 마는 습성들이 밀물처럼 밀려왔다 흩어진다 야, 겁대가리 없는 것들, 휘어지는 것이 무슨 정의! 골목에서 잠복하던 경찰로부터 불심검문을 받았다 신분증이 건네진

후, 순찰차에 태워졌다 조회 결과 주민등록상 존재하지 않는 신원 미상으로 뜬다는 이유였다 얼마 전 카드사로부터 블랙리스트에 올랐다는 통보 그 자체로 모든 법적 제재가 끝나는 줄 알았다고 진술하는 순간 안개로 새롭게 제작된 주민증이 발급된다 한 치 앞을 분간하기 어려운 불확실한 세계 속에서 사람들은 안개를 선택한다

　안개 속 신용회복가능 전광판이 잘려진다

안개가 있는 풍경 6

소양로행 버스를 탄다, 안개의 강에 합류한다

아직도 헬리콥터는 캠페이지 상공에서 저공비행을 하며 강력한 프로펠러의 힘으로 근화동 주택가를 압박한다아, 아가씨인가, 양공주인가, 검둥이 병사와 히히덕거리며 캠페이지(CAMP PAGE) 정문을 통과하는 여자들, 달려가는 막달라 마리아, 버스 안에서 흔들리는 지구, 버스 뒷좌석에서 담벼락 너머의 세계를 추적하네 빨간 불빛과 육감이 어우러진 브래지어 차림의 여자, 춘천역의 여자들을 본다아, 아름답다아, 아무도 그녀들을 찾지 않는가 보다, 쭈그려 앉아 더욱 볼록한 가슴들이 눈 속에 와 박힌다아, 몇 개는 에로틱 영화 속 장면처럼 남근을 자극하고 있다아, 불끈불끈 살아오르는 신경들, 다시 이륙하는 헬리콥터가 하늘로 솟구치고 어둑어둑한 주변의 풍경이 어깨를 짓누른다아

분지 속 태양이 노랗고 딱딱하게 떠오른다아

안개가 있는 풍경 7

새벽 2시, 몸을 뒤척인다 잠이 오질 않는다아

머나먼 화물열차의 기적 소리가 귓전을 울리는구나, 나뭇가지의 탄성작용처럼 뒤흔드는 당신의 목소리는 꿈꾸는 자의 막연한 걸음걸이를 불러들인다아, 후평동에서 명동까지 늬엿늬엿 이어지는 안개의 행렬, 고뇌와 환희의 순간들이 옷고름을 타고 주르르 풀어진다아, 생계의 리어카를 몰고 가는 노인의 슬픔처럼 세계는 거대하고 느리게 슬퍼할 것이다아, 빨간 불빛에 홀린 짐승처럼 방죽에 내 몸을 끌고가 저 홀로 자위행위를 한다아, 풀섶에 뿌려놓은 허무의 이데올로기를 뒤로 한 채 딱딱한 내 몸이 조각조각 안개 속에 합류되고, 외투 입은 새들의 숱한 비명과 지저귐은 넓디넓게 흡입하는 담배 필터의 마력과 같이 이리저리 휩쓸려 다닌다아

아침볕 몇 톨을 후우── 맑은 세상에 풀어놓는다아

안개가 있는 풍경 8

비틀비틀 튀밥 같은 봄눈 내리는구나

경쾌한 리듬으로 이 세상의 어디서나 흔들고 환호하는 군중 속을
향해 도취한다아, 에니콜 버스 CF의 박정아, 세븐, 구준엽이 색색이
물줄기 타며 사르르 물 위에 떠다닌다아, 아, 하이얀 이빨 몇 개 부
러뜨린 소양호가 또다시 옷을 벗은 채, 네온사인 불빛을 걸치고 걸
어나와 춤을 춘다아, 부서진다아, 핑크빛 연인들의 입술이 되어 혀
끝을 자극한다아, 오래 머물 수 없는 세계의 답답함을 끝낼 수 없는
것일까, 한쪽 구석에서 춤추는 것에 반한 아이들은 이미 춤에 반한
아이들의 세계에 길들여진다아, 튀밥 같이 둥둥 쏘다니며 아이들은
소양호에 갇혀 푸드덕 날개 퍼득이며 죽.어.갈.뿐.이.다.아

안개가 빠르게 움직인다, 아이들을 싣고 간다

안개가 있는 풍경 9

꿈틀거리며 살아 있는 파도를 보았는가, 나무와 나무 사이에 부서지는 푸른 물줄기는 소리 없이 멈춘 자작나무숲의 심장에 불을 지른다아, 폐활량을 실어나른다아, 잡초들의 자욱한 흐느낌 따라 돌들이 굴러 떨어진다아, 물관과 체관이 왕성히 박동하는 자작나무는 자신의 몸에서 떼어낸 나뭇잎들을 바람에 이식시켜 동해안에 떨군다아, 심해 깊숙이 살아 숨쉬는 물고기들은 언제쯤 차고 올라올까, 바위에 박힌 나무뿌리는 물 속 깊이 잠긴 햇살을 체내에 흡입한다아, 거대한 산호초가 잠겨 있을, 힘찬 돌고래의 생기가 있을, 머나먼 동지나해의 이상 기류가 있을, 내 아픈 과거가 있을 바다가 밀려왔다 돌아간다 아, 공중에서 새의 족속으로 살다 쾌감이 짜릿하게 맛들여지는 돌단풍이 되기도 한다아, 빛나는 햇빛의 위력 앞에 산산이 공중분해되고 마는 감정의 찌꺼기들, 떠나는 것은 누구나의 자유일까, 해저의 도시에서 빠진 별빛이 아주 천천히 정자의 지느러미처럼 헤엄쳐 나온다아

자궁 속 태아가 탯줄을 끊고 나오듯

태양이 물 위를 걷고 있다

세계는 고요보다 깊이 잠들어 있다

  방금 전까지도 총성과 화약 내음이 거리를 뒹굴었지만, 적막이 발끝으로 와서 어둠 속 투명하게 빛나는 삼엄한 경계의 눈빛으로 변하고 말았다아, 머나먼 적도의 나라 동티모르로 향했던 수많은 다짐과 팽팽한 긴장감이 불끈 쥔 손바닥 속으로 촉촉이 모여든다아, 아, 초병의 눈 속으로 지상에서 가장 빠른 적도의 붉은 태양이 타들어 온다아, 주둔지 주변으로 주민들이 오늘도 일렬로 줄을 선다아, 잠시 후, 위병소 안으로 들어와 남겨진 잔반통을 실어 나른다아, 아, 우리에게 희망은 태양이고, 주민들의 희망은 잔반통이다아, 하루일과를 아침 기상나팔 소리를 듣는 순간부터 밤잠을 설칠 때까지, 아무도 상대방에 대해 간섭하지 않는다아, 다만, 우리에게 주어진 하루라는 희망구역의 테두리 속에서 나무처럼 서서 즐기고 있을 뿐이다아, 서서 모든 것을 자위해 버리듯…… 때때로 오쿠시 주민들과 축구를 하며 적도에서의 무료함을 달래곤 한다아, 아, 지친 지구를, 전투 피로증을 몰곤 한다아, 작렬하는 적도의 태양볕 아래, 오쿠시 산간 오지까지 방송차를 몰고 이정현의 〈와〉를 틀어준다아, 아이들이 방송 짚차 레토나의 꽁무니로 와와와 몰려온다아, 몸을 흔드는 아이들, 춤을 추는 적도, 현지 여성 리포터들이 야간에 상영될 영화제목을 확성기를 통해 알려준다아, 저물 무렵 오쿠시

축구장의 대형 스크린에 영화 〈글레디에이터〉를 상영한다아, 숨을
죽인 3천여 체온들, 영화의 바다에 빨려 들어가는 눈빛들, 별빛들이
물 속을 달리고 있었다아, 지난주에 한국영화 〈엽기적인 그녀〉가
상영된 적이 있었다 영화를 보고 나온 몇몇이 전지현을 좋아한다고
내게 고백했다 그들의 그림자가 적도의 긴긴 밤을 타고 밀물 썰물
처럼 달아나 버린다아

　모래 속 잠든 태양이 물 위를 걷고 있다

　* 동티모르는 충청남북도를 합친 넓이며, 인구는 80만명이다. 서티모르 내에 있
는 오쿠시 지역은 김포군 크기로 인구는 5만명이다.

태풍 '매미'에 대한 추억

2만톤급 태풍 '매미'가 부산에 상륙한다

대형 APT의 유리 20mm짜리가 원형모형으로 찌지직 소리를 내
며 거실 쪽으로 휘어져 안으로 들어갔다 나가곤 한다아, 아, 해운대
전역을 삽시간에 점령이라도 할 듯 바람의 융단폭격이 시작되었다
평균시속 120km에서 최고시속 210km까지 달리는 차량 위에 서 있
는 것과 맞먹는 초속 60m/s로 태풍의 군단이 남해안을 통과하고 있
다는 라디오 소리에 사람들은 숨소리 하나 걸치지 않고 귀를 쫑긋
세우고 있을 뿐이다 아파트가 붕괴될 수도 있다는 공포가 베란다
빗물을 타고 머리끝에 떨어진다아, 아, 어디에도 몸을 피할 수 있는
피난처가 없구나, 마치 죽음과 직면해 있는 사형수의 기다림처럼,
마음의 한복판에 부는 공포가 뿌리를 내리고 있구나, 죽음을 호명
하는 바람과 함께 나는 지상의 가장 슬픈 짐승처럼 서 있었다아,
아, 우린 정말 답답하고 거대한 이 세계 속에서 자유로운 존재일 수
있을까, 부두에 정박한 2만톤급 선박이 위치를 이탈하여 아스팔트
를 향해 올라탄다아, 다시 컨테이너를 나르는 기중기가 엿가락처럼
휘어진다아, 아, 저 바람의 위력, 단란주점의 입간판이 날아와 몇은
머리에 피를 흘리며 나무토막처럼 쓰러져 있다아, 또 몇은 119 구급
차에 실려 가고 있다, 물에 잠기는 집 오버랩되는 가축들 왜, 태풍
이 휩쓸고 간 지역의 사람들은 영혼이 없는 빈 껍데기처럼 보이는

것일까, 농협의 담벼락 뒤로 세운 간이 천막 속에 사람들이 쭈그리고 앉아 TV를 보고 있다 침수된 가옥 안에서 한 할머니가 귀중품을 챙기다 숨진 것 같다는 아나운서의 멘트가 나온다 귀중품 비닐봉투를 꽉 쥔 채 숨진 할머니의 손이 클로즈업된다 다시 보트에 시신이 옮겨지는 장면이 잡힌다 씁쓸하고 허허한 노오란 웃음이 천막 속에 담배연기처럼 멈춰서 가질 않았다

한숨과 격정의 숨소리가 한반도를 관통한다

출항의 아침

눈부신 언어 표류하는 동해안 어디쯤, 바다의 거대한 허리를 압박하며 북상하는 수부(水夫)들의 아침, 시대의 날카로운 소리를 거친 투망으로 가늠하고 미끄러운 물결마다 신앙(信仰)의 깊은 내력이 물보라로 부서지면 머나먼 북태평양의 매운 기류가 수부(水夫)의 넓은 가슴을 수군거리게 했다 닻을 내리고 은빛 싱싱한 오월 기다린다 긴장감이 해면 위에 가라앉고 튕기고, 어둠을 타고 돌진하는 폭풍의 기세 앞에 최후로 남은 우리들의 피는 새벽 끝에 서서 끝내 가라앉질 않았다 수부(水夫)들의 넓은 가슴 속에 바다는 펄펄 뛰고 있었다

바다의 허리 압박하며 소금친 가난 맞이한다

기다림에 대한 소묘

아주 서서히 그리움은 나의 땅에 들어왔다

　바람과 구름과 그리고 빗방울까지 내게 들어왔다 지상에서 가장
슬픈 눈빛들이 우기(雨期)의 열대성 저기압을 생성하고, 마지막 적
도의 소나기가 내게 넘어져 버렸다 내 안에 숨쉬는 그 한 톨의 숨구
멍까지 모조리 멈춰서 가질 않았다 딱딱하게 굳어져 버린 야자나무
의 그 메마름 속에 견딜 수 없는 고독함과 외롬이 터질 것만 같았다
우린 정말 가벼운 존재! 새의 깃털보다도, 내가 너의 속에 살고, 네
가 내 속에 사는 분자와 분모 같은 존재! 하나의 희망과 하나의 절
망이 모랫벌 위로 내리찍는 태양의 도끼날처럼 엄습한다 너의 가슴
속에서 나는 나를 그리고 너는 너를 찍어냈다 더 이상 버릴 것 없는
순간까지……

　내게서 증발할 것만 같은
　시간을 지워 버렸다

해변의 아이들

달려간다아, 아이들이 거품처럼 떠다닌다아

　숨을 몰아쉬며 아이들이 달려간다아, 바다 위 어슬렁거리는 파도
처럼 바다를 굽어보고 있는 아이들은 갈증 끝에 물을 벌컥벌컥 들
이킨다아, 잠시 후 배가 출렁거린다아, 갑판이 출렁거린다아, 해저
도시가 출렁거린다아, 고요 속에 더욱 빛나는 별빛을 타고 거대하
고 느리게 혹은 다혈질적으로 출렁인다아, 모랫벌에 사정하는 쾌락
이 출렁거린다아, 해변은 아이들을 출산한다아,

　독 오른 아이들 눈빛 둥둥둥 떠다닌다아

비 내리는 남춘천

해질녘, 라면 스프처럼 는개 날린다

　오늘도 남춘천 단칸셋방 광호형네 집 처마 밑에 라면 국물이 보글보글 끓어오를 때처럼 가난 끝 은빛 희망이 터지곤 한다 형 혼자 사는 서너 평 남짓 방 안엔 신주단지 모시듯 흑백 테레비와 커피세트가 자릴 차지하였고 더욱이 손때 묻은 시집들이 사각 앵글 속에 꽂혀 반짝거렸다 잠자리를 방해할 만큼 온갖 서적들이 방의 절반 차지해도 형은 그것들이 유일한 재산이라며 오히려 대여해 준 무협지 시리즈를 내놓으라고 난리친다 잠시 후 형의 너털웃음이 가스버너 코펠 속 라면처럼 끓어오르고 쫄깃쫄깃한 면발의 밤이 익어갔다 방금 치다 만 수동 타자기엔 형의 온기가 따스이 남아 출렁인다 시 많이 썼냐는 물음에 요즘은 시를 쓰질 못했다는 형의 넉살에 속아주는 재미도 쏠쏠했다 가끔 정태춘의 〈북한강에서〉 테잎을 틀어주며 불쑥 내미는 커피잔 속엔 바람과 별과 시가 출렁거렸다 대학 1학년 때부터 형을 찾아와 진드기처럼 물고 늘어진다 하여 내 이름을 '적'이라 부른 광호형은 세상에서 가장 슬픈 이야기를 라면 스프 뿌리듯 내게 늘어놓는다 비가 하얗게 내리는 남춘천에 물방울들이 끓고 있었다

라디오

내가 아주 어렸을 적부터 아버진 라디오만 믿었다

첫새벽 다섯시면 어김없이 라디오를 켰다, 찌지직 찌지직 흘러나
오는 소형 라디오를 신주단지 모시듯 열심히 손질도 하고 때로는
약도 갈아 끼웠다, 정각마다 나오는 짤막한 토막 뉴스에 귀를 세우
며 하루를 걱정했고 일기예보는 아버지의 단골 메뉴가 되어 아침
밥상에 놓여졌다, AM KBS 제1라디오 방송만 고집하시는 아버지
몰래 FM 음악방송을 듣다가 호되게 꾸지람을 들은 적도 있었다, 내
가 중학교에 올라간 후, 아버지의 라디오는 10만원짜리 대형 터보
라디오로 바뀌었다, 수원에서 회사 다니던 누나가 아버지에게 선물
했기 때문이다, 좀 더 선명한 소리가 나오긴 하지만 시골 난청지역
이라 찌지직거리는 소리는 여전했다, 다섯시 뉴스가 시작되면서 아
버지의 일과는 눈이 오나 비가 오나 바쁘게 진행되었다, 앞마당을
가지런히 빗자루로 쓸어 모은 다음 오물들을 쓰레기장에 날랐고,
캑캑 가래를 뱉으며 집안 곳곳을 청소하는 것이 어느덧 아버지의
신성한 구역이 되어 버렸다, 사오정이 된 아버지의 유일한 소일거
리로 자리 잡은 셈이다, 낮에 누워 있을 때나 잠에서 막 깨었을 때
도 아버지의 라디오는 가족에게 훌륭한 얘깃거리를 제공해 주었다,

아버지는 라디오 소리에만 귀를 열어놓은 것 같다, 세상 사람들의
이야기엔 절대 꿈쩍도 하지 않는다

　찌지직 라디오 소리에 나는 아버지를 꿈꾼다

서울역 풍경

대합실에서 휴지처럼 사람들이 꼬깃꼬깃 잔다

몇은 행인을 협박하여 얻은 천원짜리 지폐로 산 소주를 기울이며 킥킥대다 쓰러진다 처음 이곳을 방문한 K는 정장 차림이었다 대합실에서 예매 창구로 혹은 광장 벤치를 온종일 서성이다가 이내, 주저앉아 버렸다 주저앉는 것이 누구나의 자유이었을까? K는 폐인처럼 앉아 119 구급차에 실려간 싸늘한 노숙자들이 남긴 신발과 전광판에 클로즈업되는 회.로.회.복.이란 글자를 보며 쓴웃음을 짓곤 한다 어둡고 딱딱한 안개 속으로 실려간 주소불명의 시신은 인체실험용 혹은 장기 기증용으로 활용된다는 뉴스가 바람을 타고 되돌아올 때면 남겨진 자들은 깡소주를 벌컥벌컥 들이킨다 창자를 꺼내 안주 대신 씹어 버린다 역 광장 시계탑 부근 담벼락에 막노동 구인광고가 붙곤 할 때면 누구 하나 응하겠다고 나설 사람은 없어 보인다 이유는 단지, 하루 일당이 너무 박하다는 논리였으나 좀 더 자세히 보면 당뇨병, 폐결핵 환자가 대부분인 이들의 마지막 자존심을 표현한 약자의 논리였다 소주잔을 마시던 K는 이제 더 이상 속지 않겠다며 막노동 광고지를 확 찢어 아예 꾸깃꾸깃 휴지통에 던져 버린다 11월 중순 자정 무렵이었을까 자기 구역 차지 싸움이 벌어졌다 추운 겨울 동안 얼어 죽지 않기 위한 스토브 리그였다 며칠 후 몇의 모습은 볼 수 없었다 K의 몸은 재활용되는 목재소의 나무처럼 광장

분수대에 가지런히 누워 있다 역 광장의 시계탑으로 사람들이 모여
든다 부슬부슬 라면 스프처럼 내리는 빗속에서도 한 끼의 라면 배
급을 받기 위한 사람들의 행렬은 기우뚱거린다 뒤뚱거린다 역에 정
차하는 또 다른 기차의 모습이었다

　기차가 된 사람들은 짐승처럼 경악한다

2부

빈 집

아바타로 치장한 캐릭터를 날려 보냈다
깊은 고요 메아리치듯 손가락 남겨진 활자
온종일 열어 본 메일, 스팸만 즐비하다

때때로 채팅 신청 쪽지 삭제하며
세상 속 버려진 아바타를 발견한다
익명의 사이버 바다에 조난당한 아바타를

메시지가 도착했습니다, 어디서 보내온 걸까
온몸 타고 환희하는 진동 순간 꿈꾼다
아직도 오지 않는 회신, 빈 집에 혼자 서 있었다

「빈 집」 중에서

섬, 그리움

내 노래가 그대 향한
흔적이
될지라도

목석 같은 바위 흔들어
지독한 사랑
심어놓고

해질녘
가슴 물드는
섬으로
남고 싶다

빈 집

아바타로 치장한 캐릭터를 날려 보냈다
깊은 고요 메아리치듯 손가락 남겨진 활자
온종일 열어 본 메일, 스팸만 즐비하다

디지털 휴대폰에 수신되는 자극적인 문자
온라인 게임 중인 PC방 LCD 모니터에 다시 뜬다
화끈한 섹시걸 필요하세요, 시선 빨려든다

때때로 채팅 신청 쪽지 삭제하며
세상 속 버려진 아바타를 발견한다
익명의 사이버 바다에 조난당한 아바타를

메시지가 도착했습니다, 어디서 보내온 걸까
온몸 타고 환희하는 진동 순간 꿈꾼다
아직도 오지 않는 회신, 빈 집에 혼자 서 있었다

*아바타는 분신(分身), 화신(化身)을 뜻하는 말로, 사이버 공간에서 사용자의 역할을 대신하는 애니메이션 캐릭터이다. 원래 아바타는 산스크리트 '아바따라(avataara)'에서 유래한 말이다. 아바타는 그래픽 위주의 가상 사회에서 자신을 대표하는 가상 육체라고 할 수 있다.

녹차 기행

청솔빛 산자락 지나 미지의 세계로 떠난다
어디가 시작이고 어디가 끝인지 모를
저 깊은 호흡 속으로 몸을 던진 봄바람

밍밍하고 평평한 소롯길 황톳길 따라
그윽한 작설(雀舌)의 마을 터벅터벅 당도하면
내 안에 키운 그리움 출렁이는 남해바다

돌 바람 말끔히 걷어내고 담아낸 햇살
해맑은 햇살 타고 구름 위를 달려가듯
그대 곁 머물고 싶어라
눈 멀은 사랑에 취해

갯지렁이의 잠

외투 하나 걸치지 않은 여인이 누워 있다
가냘픈 몸매와 빛나는 영혼을 가진 그녀
미로의 뻘밭 속에서
긴 잠을 자고 있었다

산소 뿜어 올리는 바지락조개들
흑갈색 영토 지킨 가을 전령처럼
바지락 바지락거리며
그녀의 잠 깨운다

속 깊은 언어 걸러내는 피부 자랑하며
머드팩 다져진 속살 펴 보이는 순간
햇살도 쏜살같이 내려와
몸을 섞고 있었다

손금 기행

1. 생명선(生命線)

    은하에서 가려 뽑은 별빛을 길어 올린다
    속 꽉 찬 시간의 門 열고 양수가 쏟아진다
    불 지른 생의 강가에서 꽃 한 송이 피워내며

2. 건강선(健康線)

    광야를 가로지르는 일은 쉬울 수 없었다
    명줄과 평행을 달릴수록 붉어지는 살점
    따스한 봄의 기운이 온몸을 타고 있다

3. 결혼선(結婚線)

    목마른 물잠자리떼 내려와 목을 축인다
    갈라설 수 없는 날개 호수(湖水)에 동동 띄우며
    접혔던 기억 펼수록 선명해지는 내 안의 나

4. 감정선(感情線)

　　햇살이 곤두박질쳐 도랑을 깊게 팠다
　　그 위를 밟고 다니는 감각이 깃을 턴다
　　손잡고 껴안을 집터 그 속에서 울고 있다

5. 운명선(運命線)

　　오므리고 펴는 순간 운명이 엇갈렸다
　　묻혀진 예감들이 불끈불끈 날이 서고
　　사랑한 죄밖에 없다던 다른 손금이 넘어진다

6. 두뇌선(頭腦線)

　　바다 위를 밝히는 등대처럼 앉아 있다
　　마음 속 다져놓은 생각들을 꼬옥 쥔 채로……
　　비로소 눈뜬 세상에서 화두 한 번 꺼낼까

7. 성공선(成功線)

너무도 오래 달려왔나 굳은살이 박혀 온다
때론 짧고 굵게 살다 사라진 별빛이 빛나듯
일밖에 모르던 아버지는 손금 닳은 곰발이었다

* 손금이란 손바닥의 살결이 줄무늬를 이룬 금을 뜻한다. 일반적으로 손금의 종
류를 운명선, 결혼선, 건강선 등으로 나누지만, 보는 시각에 따라 달리 해석할 수 있
기 때문에 손금이란 제목하의 소제목은 편의상 분류한 것임을 밝혀둔다.

자전거에 해와 달을 싣고

1. 서울에서 목포까지 진군은 순탄치 않았다
   곳곳 복병 안개의 인해전술에 휘말려
   내 삶의 쾌속 주행도
   가다 서다 반복한다

   지도정치를 하며 항상 정도(正道)로 가야 한다
   기상을 고려치 않으면 지휘권조차 잃기 쉬운 법
   다 닳은 말굽 갈아 끼우며
   천명을 기다려야 한다

   자, 내 충직한 은빛 적토마라 불러다오
   내리막길 가속의 발길질 더할 때마다
   세상의 부활 꿈꾸며
   껑충껑충 달린 달빛

2. 원형의 발전기 돌리는 심장 박동 따라
   눈(雪) 속 꿈의 잔해 부챗살처럼 수런대고
   달려야 할 보폭의 중심이
   손끝으로 실린다

자기가 가야 할 길을 비로소 발견한 듯
수맥(水脈)을 짚어 밀어 올리는 나무가 되어
무한의 궤도 속으로
꽃봉오리 터뜨린다

3. 청동빛 몸살 드러내며 빛의 속도로 달려가듯
   몸 구르기 반복하며 정오(正午)를 통과하자

   부활의 눈빛 번뜩이는
   붉은 태양 멈춰 선다

   때때로 나는 자전하는 원리에 익숙해진다
   지구 끝까지 닿을 듯한 벅찬 사랑 가득 싣고

   무한대 원심력으로
   신록 뿜어 올린다

4. 지구본 돌아가듯 굽은 등 돌아간다
   층층이 무너지는 집, 나무들

   손마디 뽑아 올려진
   유년의 푸른 추억들

   간혹 속도 잃은 사람들이 비틀거리며
   숲 속 풍금 소리의 음계 따라 길을 내면

   사람과 사람을 좁혀줄
   마음의 통로 찾곤 했다

5. 속도 어긋난 길은 내 삶도 어긋났다
   항상 마음 중심에서 통행이 가능하듯

   펑크난 감각 교체하며
   훨훨 날고 싶은 오후

굴리면 굴릴수록 나는 내가 아니었다
수평선 눕히고 바다 끝까지 달려가면

어느새 너와 나 하나 되어
해와 달을 끌고 있다

신의 연장

안과 밖 끊임없이 솟아나는 톱밥을 보라
만두 속 같은 뫼비우스의 시간 풀어내며
가난 끝 웃음꽃 피운
목공소 열띤 힘이여

잘 다듬고 조이며 내 생을 질책해도
여전히 성이 안 차 꼬박꼬박 새운 몇 밤
고치고 또 고치는 눈빛
혼이 깃든 땀방울

모난 세상 끄트머리 부리나케 바로 잡으며
끌과 망치로 다듬어 온 무늬결 같은 생애
대패로 비워내는 마음
거울마저 비워낸다

이슬 공주에게 보내는 편지

끓어오르는 절망과 아픔을 삭히면서
대폿집에서 한 잔의 소주를 들이킨다
단숨에 마시는 순간이
왜 이리 시원할까

누군가는 발효시킨 캔맥주만 마신다 했다
난 어떤 술이라도 좋으니, 소주만 다오
햇살과 바람으로 빚은 술
곡식을 빚은 맑은 술을

식도를 타고 내려가는 그 짜릿함에 미친다
가난한 내가 마시고 다시 인심 쓰며
별빛이 잔에 떨어질 때까지
함께 나눌 수 있는 그 넉넉함

지친 일상을 정리하며 마신 한 잔의 술
마음의 벗을 만나도 늘상 가는 대폿집
해장국 한 사발 놓고도
잔 기울이는 여유가 좋다

감정이 얽히고설킨 세상 속에서
취하고 싶은 순간엔 취해야 되지 않을까
만약에 내 죽을 때를 알면
원 없이 만나 사랑하고 싶다

500CC에 한반도를!

솟아오르는 호프 한 잔의 거품을 보라
한 잔에 배어 있는 사랑과 우정이 부딪힐 때마다
짜릿한 진실을 나눈다
한 편의 시(詩)가 된다

시원한 유리잔 너머로 넘나드는 정열과
맑디맑은 영혼을 500cc 단 한 잔에
싣는다 가득 싣는다
한반도가 기우뚱하도록……

세상 부러울 것 없이 소탈하게 웃으며
누구도 높을 수도 낮을 수도 없는 지금
힘차게 건배를 하자
이 밤을 하얗게 새도록……

위기의 삼십대

사랑에 비로소 눈뜨고 싶지 않네
부정과 부정이 불꽃을 피울 때마다
욕망의 계단 위로 올라가는
엑스터시의 나무들

죽고 못 살 만큼 간절했던 로맨스
아아, 바람에 흔들리는 위기의 순간
집착의 통로를 지나
훨훨 날고 싶은 삼십대

떠나는 자의 뒷모습은 쓸쓸하네
과정보다 결과가 클로즈업되는 사회
더 이상 내가 나일 수 없는
존재로 흔들린다

마스터베이션

자기 최면을 거는 에고이스트는 아니다
외딴 섬나라에 사는 로빈슨이 아니다
행위는 이데올로기
나를 버려야 얻는 자유

나르시시즘을 강요하는 삶은 아니다
시지프가 걸었던 허무에 이르는 길
하늘이 노랗게 떠 있다
감정이 마비된다.

주전자 기행

열대성 저기압이 북상하는 첫새벽
우렁찬 함성 소리 삽시간에 끓어오르듯
그리움
가득 채우며
달려가는 레일 소리

일본열도 뒤흔든
미진
약진
강진을 따라
온천으로 달구어진 저 붉은 아름다운 몸살

태양이 넘었던 수평선 타고
달리고픈 혈기여

시베리아 횡단하는 실크로드의 꿈 가득 싣고
칙칙폭폭 칙칙폭폭 내뿜는 폐활량처럼

아픔의 끝으로 가서
저기 봄을 피워 올린다

철원에 내리는 비

바람이 절룩거리며 달려오는 철원평야
황토빛 숨통 틔운 한 줌의 씨 뿌린다
남과 북 혈맥을 잇는
뿌리뿌리 소곤거린다

궁예가 숨죽여 먹던 보리 이삭을 따라
등줄기 솟는 붉은 분노 말끔히 가라앉히고
어울려 별빛과 어울려
허리 꼿꼿 펴는 밤

지뢰 사고로 발목 잃은 흑백의 순간들
가슴 다 묻어 버리고 땅을 일궈낸다
더운 꽃 더운 몸 비빈다
자릴 트는 아침처럼

고분(古墳), 고려청자

잠 깬 사내가 터벅터벅 걸어나온다
눈에 힘주며 벽공(碧空)을 빨아들이고
일몰의 시린 별들이
고분벽화에 난을 친다

아, 저리 타들어가는 가마터 장작불처럼
닦을수록 깊은 물줄기, 비취빛 살결이여
원형의 속살 타들어가듯
부상(浮上)하는 시간

천 년 수놓은 개경을 들었다 놓는 사이
내 눈알 속으로 들어와 드러누운 고려
햇살 속 드러낸 비천의 숨결
학들이 깨어 운다

대추나무 사랑 걸렸네

할머니 손 잡고
토담 밑 텃밭
심었던
대추나무

키가 제법
자랐길래
큼지막한
머리 올리자

가을로
꽉 찬 열매가
우르르
떨어졌다

촛불

내 안에 뜨는
붉은 달을
아득히
굴리며 간다

절절한 그리움
돌돌 말아
피 토한
울음

가슴 속
사랑 꺼내어
주저앉은
아침

채석장

바다로 통하는
물가에
바람
띄우면

반짝이는
물비늘 날리며
어둠 밝힌
출항선

화강암
눈물을 딛고
먼저 돌아온
샛별

맷돌의 노래

돌면서 느끼면서 눈물처럼 흘리면서
소리없이 삼킨 언어 제 홍껏 뱉어내고
비워낸
가슴 가슴마다
사랑 한 줌 채웠네

끝없는 삶의 욕망 묵묵히 삭이면서
경련의 시대마저 말끔히 털어내며
지금은
비워야 하네
산(山)처럼 바위처럼

주저앉는 가난 속에 웃음은 돌고 돌아
봄철 한가운데서 윤기 절로 흐르고
마음을
경작(耕作)하는 소리
잠든 나를 흔드네

경춘선 1

선연한 새벽 안개 가르며 섬이 뜬다
북한강 허리 감아 올린 비둘기호 등을 따라
물새 떼 눕는 수평으로
기지개를 펴는 아침

왁자지껄 웃음 묻힌 지폐 한 장에
김밥 한 줄, 달걀 한 줄 비우던 시간
백양리(白楊里) 덜커덩 덜커덩
무동 태워 보낸다

종착지 알리는 방송, 졸던 아이 눈뜬다
창틀 앉은 고추잠자리 눈과 마주친다
눈알을 서로 굴리다
자릴 뜨질 못했다

경춘선 2

생의 희열을 느끼도록 방언으로 기도하라

쉬었다 떠나는 순간 토해내는 언어, 청량리를 흔들고 성북을 거쳐 삽시간에 대성리역에 도착하면 몇은 하늘나라를 개척하러 간다, 머얼리 청평마을 옆구리를 창틀로 들어 올리자 밤꽃 내음이 우리들 속빈 가슴에 쳐들어온다, 커커이 잠든 물비늘 사이로 호흡하는 바람의 기나긴 내력을 싣고 이동하는 열차의 힘찬 근력, 해, 별, 나무, 바위로부터 사랑, 불행, 설화, 역사까지 열차는 탄력 있게 청옥빛 사연을 실어나르고 나룻배 오가던 뱃길 따라 덜커덩거리며 가평역에 당도한다, 거대하게 출렁이는 우리들의 피 속에 어머니를 만난다, 몇은 물 속에서 하나님을 만난다, 가장 완벽한 세계의 물비늘 속에서 말없이 낮아지는 일몰이 출렁인다

열차는 생의 희열감 느끼듯 떠나간다

탄전지대 1

아이들이 떼 지어 우유급식을 받는다
모둠발 동동 구르며 손 흔드는 흑백 풍경
구공탄 활활 타오르듯
고개 불쑥불쑥 내민다

막장 한 켠 가로지른 자갈밭 철길 위로
내 안의 고독을 캐어 자식처럼 태워 보내면
탄가루 폴폴 날리며
까마귀 떼 후다닥 난다

태백산 가슴 뚫고 달리는 수레바퀴여
피 토하듯 쏟아내는 탄맥(炭脈)을 쓸어 담아
녹이 슨 레일을 밟고
달빛 실어 나른다

탄전지대 2

빛조차 새어나가지 못한 새벽
저 깊은 막장의 폐활량 싣지 못한 채
가래가 끓어오르듯
녹이 슨 바퀴 소리

와르르 무너진다, 버팀목 부러뜨리며
무개화차 기적 소리도 갇혀 못나오고
방탄모 불빛 켜진 채
갱도 입구 뒹군다

화석의 불꽃 생성시킨 선로를 따라
드러누운 뼈대 추스르는 복구의 시간
빠끔히 실눈 떠가며
개나리꽃 피어난다

인왕제색도(仁王霽色圖) 보다

물줄기 한껏 풀고 비우며 휘두른 보법(步法)
무성하게 감기는 숲, 토해내는 산세(山勢)
굵은 선 하나 살아나
여백에 담아낸다

붓끝 그려내는 한 점 맹호기상도(猛虎氣象圖)
담백하고 힘찬 묵선, 숨소리 없은 바위
벽공(碧空)을 심는 달빛 따라
치솟는 천군만마의 행렬

먹물 뿌린 듯 백악산(白岳山) 가른 한 획
왕(王)자의 인왕산 호랑이 운무(雲霧) 타고 내려올 듯
대초원 눕힐 기세로
쩌렁쩌렁 으르렁댄다

* 〈인왕제색도〉는 겸재(謙齋) 정선(鄭歚, 1676~1759)의 진경산수화(眞景山水畵) 중에 대표적 작품임. 진경산수화는 조선 후기 우리 산천의 사실적인 풍경을 바탕으로 그린 산수화임.

3부
발자취

내 안의 슬픔과 고뇌, 일상들이 빠져 나가고
아, 하늘이 허락한 시간들이 몰려온다
저문 날 뿌리 내린 속살 저려오는 통증의 시간

「나무들, 길을 떠나다」 중에서

주문진 출항기

징소리 넘치는 저물녘 주문진항
물미역처럼 절로 자란 아이들이 모여든다
전어 떼 호기심 닮은
별빛 별빛 웅성거린다

퍼런 작두 위에서 무당이 널뛰기하고
덩기덕 장구 장단에 맞춰 달빛도 몸 비빈다
갑판 위 식을 줄 모르는 혈기
소금기로 묻어난다

태풍으로 몸살 앓던 격정의 순간들
격랑의 물길 속에 젯밥 던져 보내면
출항의 닻이 올려진다
은비늘 돋친 바람 따라

등대지기

봄 한 소쿠리 길어 올리는 등대
속 깊이 우는 불길, 물길 따라

아, 홀로
기도하는 밤
신앙으로 서는 밤

다섯 손가락 춤추는 아낙의 율동처럼
조난당한 섬들 하나, 둘 건져 올린다

등 푸른
내 삶의 터전
지키는 지기 되어

폭설, 비닐하우스 풍경
―경칩(驚蟄) 기습 폭설기

외롭게 누워 있는 폭설 속은 갑갑하구나
유연하게 삶 지탱하던 척추 부러지고
세상을 삼킨 현장에
내가 죽어 누워 있다

빛나는 허리 힘 한 번 쓰질 못했구나
폭풍 속에 띄운 배처럼 순백의 돛을 치며
은비늘 건져 올리던
갈비뼈도 부러졌다

제설복구 차량 오고 있다, 는개 따라
차갑게 굳어 버린 농심(農心) 걷어내듯
경칩(驚蟄)을 들어 올리며
내 뼈 수습하고 있다

연장론
—철공소 대장간에서

파격적으로 개발된 연장은 절대 녹슬지 않았다
사안을 꿰뚫어 분석하는 예리한 감각으로

가설을 검증시켜 줄
논리 하나 구워낸다

독선을 버려야만 비로소 얻는 자유
철분의 힘줄 고르며 새 판을 짜야 했다

힘주어 풀무질할수록
더욱 붉어지는 주장

스스로 변화하여 세상을 움직이듯
마침내 보수와 진보, 한 형틀에 놓여지고

새벽을 열처리한다
봄날을 담금질한다

중원 고구려비 읽다

한 점 절경 속에 수렵도가 숨을 쉰다
안개도 멈칫멈칫 서성거리며 오고 있어
서라벌 천 년을 잇는 큰 수로를 열고 있다

남한강 잠든 달빛 몸을 푸는 풀잎의 맘
먹기와 빛 웃음 내뱉던 흔적도 제자리로
잘 빚은 빗살무늬로 수런거리기 시작했다

나뭇잎 나룻배처럼 귀를 늘어뜨린 시간
독 묻은 활촉의 열꽃 끝내 식지 않는 밤은
왕(王)자의 백두산 호랑이 눈에 핏발 서린다

별빛을 총총 띄운 수십 척 목선 따라
팽팽히 감기는 눈빛 그 속에 불을 지피면
무용담 잉걸불 되어 밤을 새워 타고 있다

미처 풀이 못한 금석문 내 눈은 믿지 못해

장수왕 그의 중원 천도설 일궈내고

바람도 강물로 내려와 잠든 나를 흔든다

* 중원 고구려비(中原 高句麗碑)는 423년 고구려 장수왕 때 제작된 것이며, 1981
년 3월 18일 국보 205호로 지정되었다. 충북 충주시 가금면 용전리 입석(立石)마을
에 위치하고 있고, 높이 203㎝, 폭 55㎝이며 남한 내 유일한 비석 형태의 고구려비
이다.

겨울, 벌목장

청동빛 바람들 녹슨 연장 위로 날아온다
눈보라 속 피어나는 절망의 속살 걷어내듯
원형의 전기 톱날은
겨울 허리 베고 있다

아름드리 시간 넘어뜨리고 곧추 세우면
가슴의 날 번뜩번뜩, 그리운 봄 쏟아진다
무늬결 토해내는
열려 오는 햇살

톱밥은 도움닫기하며 몸 구르기 반복한다
막 지핀 화목 난로에 던져넣는 한 줌 별빛
탄생의 비명 소리가
벌목장을 달군다

나무, 바위에 서다

잠 깨어난 山이 어깨 내려와 앉는다
이끼 낀 활옷 입고 낮달 사냥하는 걸까
밀치며 떠오르는 활촉
꽃물을 터뜨린다

낮술 취해 뒷걸음치다 넘어지다 중심 잡다
내려다볼수록 둥글게 굽어지는 시간
참으로 숨 가쁜 걸음걸이
발바닥에 피멍이 든다

무딘 발끝 더욱 아프다 제 속살에 철침(鐵針) 꽂듯
비로소 시작되는 고해성사의 먼 길
따스한 새순 몇 촉 지피며
겨울 문턱에 홀로 섰다

흔들리다 바로 서고 다시 기울어지는 몸
마음 속 묻어둔 불씨 그리움으로 피는 걸까
자꾸만 붉어지는 살결
아침 햇살 물든다

겨울, 저수지

외로움 못 견딘 山 내려와 입술 적신다
얼마를 앉아 있었나, 오금 저려오고
물안개 옷을 벗으며
배(腹) 위 자꾸 올라탄다

안으로 일렁이는 욕망들 쓸어내고
속엣 것 담아줄 햇살 걸러내고 우려내면서
혼자서 고행하는 걸까
물살, 일렬로 길을 낸다

미명 더딘 걸음으로 어깨 걸터앉으면
비워낼수록 속이 더욱 투명해지는 시간
별빛들 긴 꼬리를 감고
내 안에 들어온다

서울에 사는 외디푸스의 점자편지

자물쇠 굳게 닫힌 입동 門을 연다
귀청 크게 열어놓고 세상 소리 귀기울이며
뿔처럼 돋은 점자편지 가만가만 더듬어 본다

내 안에 찍힌 감각, 불립문자(不立文字)로 열 맞추고
없어진 시신경 대신할 귀밝이 술처럼
가슴 속 저려오는 생애, 철필(鐵筆)로 읽혀진다

병상에서 키운 나무 외로움의 끝물 들면
땅 속 온기 찾아 손 뻗쳐 뿌리 내리는 법
마음에 들인 철로 따라 고행의 길 떠났다

앞을 미처 감지(感知) 못한 요철(凹凸)시대 지나
사막 홀로 걷는 외디푸스 그와 마주쳤다
통점(痛點)을 가려 읽는 심안(心眼) 주고받았다

눈 속 박힌 가시 뽑아내듯 놀라웠다
4대째 내려온 집안의 내력 알게 됐다
백내장 수술 전까지 고모조차 소경이었다

사북(舍北)

탄차(炭車)에 실어 보내는
내 진한 유년의 화석(化石)
꽃처럼 피는 안개가
사북(舍北) 너를 가리울 때
태백선 기적 소리는
가슴 울린 모국어

아침마다 영글던
기상(起床) 음악 끊긴 날엔
간밤 사고로 죽어간
병반(丙班) 사람을 추모했지
저 땅 속 무너지는 소리
폐활량 깊은 마을

녹슬은 삽자루에
송송 맺힌 천길 단애
주름진 눈살마다
하늘 숲 감지하고
한평생 정든 바람결
눈물 마른 깊은 갱구(坑口)

맥마다 묻힌 사랑
캐내어서 다듬고
모닥불에 던져넣으며
정염의 언어 태우고
짙푸른 새벽에 묻힌
들꽃 되어 피었으리

바느질

반평생 닳은 눈썹 맑은 귀 틔운 한밤
철없는 손주처럼 무릎 위 놓인 실타래
팽팽한
긴장감으로
살아나는 연(緣)줄이여

낡고 헤진 삶의 매듭 한 올 한 올 풀어 보면
엄지와 검지 사이로 빠져 나간 신경의 생애
촘촘히
엮어간 살림
종갓댁 지킨 효부(孝婦)

구멍 난 아픔마다 희망 찬 조각보 심고
화롯불씨 달래며 인두 묻는 어머니
홀치고
공 굴리는 작업
약사여래 더운 손

옷섶에 꽂힌 허기 별빛 따라 간 연대
코끝으로 뱉었다 담은 보릿고개 서러운 얘기

바늘 끝

매서운 성품

봄을 깁고 있는가

회전門

참으로 숨 가쁘게 회전하다 지친 몸
어깨 아파 더 이상 돌 수조차 없어도
아, 햇살 삐거덕거리며
맴돌게 하는 기억 하나

절망 쏟아내며 한 생이 돌아간다
내 안에 키워온 말門 또한 열린다
하늘로 통하는 입구
불 지르며 서 있었다

굽은 등 돌아간다, 긴장의 결을 따라
봄을 감아 올리는 저 둥근 시간
가슴門 화들짝 여는
아름다운 몸살이여

나무들, 길을 떠나다

피가 온몸을 돌아 한 바퀴 바람으로
되감기는 피뢰침 위에 철새가 날아온다
고통의 십자가가 노랗고 딱딱하게 물든다

내 안의 슬픔과 고뇌, 일상들이 빠져 나가고
아, 하늘이 허락한 시간들이 몰려온다
저문 날 뿌리 내린 속살 저려오는 통증의 시간

마지막 햇살 등을 넘고 먼 山을 넘어간다
맨발 달려온 허허벌판 오오, 단풍 든다
연지빛 노을 속으로 나무들, 길을 떠나다

겨울, 목재소 풍경

욕탕 갓 나온 여인의 속살처럼
햇볕 안겨 배냇잠 자던 신생의 무늬결
말갛게 밀어 올리면
하얗게 일어선 눈꽃

미증유 시간 톱밥처럼 뒹군다
톱날 놓여진 이 시대의 화두
한 번은 타올라야 할
진실 켜고 있다

알전구 작업장, 목공 검지 잘리던 날
뛰쳐나온 누렁개 눈밭 뒹굴었다
송이눈 밤새 내렸다
노을 달려간 흔적 따라

가슴 속 그리움 왜 이리 목말라 올까?
원목 숨결 죽이며 생의 내력 켜는 걸까?
절망을 긁어낼수록
묻어나는 새벽

햇살 곧추세운 못질 순간마다
생목 목쉰 울음 ㅊㅊㅊ 걷어내고
바람도 풀잎 깨우며
아침 이슬 합창한다

저무는 강가에서

해거름 허리 차서 한세상 삐걱이면
북풍 시린 기류 하구에 수침(水沈) 되고
굳은살 박힌 손바닥에
출렁이는 강물

미끄러운 물결 어디 유년의 푸른 꿈은
한 뼘 모랫벌로 따스이 잠겼는가
내 눈물 들풀에 휘어
또옥또옥 튕겼네

녹슨 연장 손질하며 삽에 묻힌 황토 푼다
강의 근육과 몸 부비며 아픔, 기쁨 부서질 때
저 깊은 마음門 열어
등불 켜는 어머니

겨울, 오륙도 1

해가 완전히 빠져 나간 섬에 눈이 내렸다
바다 끝까지 닿고 마는 적도의 그리움들
충혈된 작가의 눈 속으로
찰칵찰칵 타들어 왔다

햇살이 철새떼 몰고 하강하던 선착장
여자가 사랑 고백하는 낯선 풍경 잡힌다
저문 날 뿌리내린 목련
봄 흔들어 깨운다

겨울, 오륙도 2

장삼자락 휘감고 한바탕 샅바 싸움한다
한판 쉴 새 없이 모랫벌 뒤흔들고
잡치기 덧걸이에 걸린
섬 하나 쿵 넘어진다

해와 달을 상대로 한 거친 힘겨루기
등대를 들어 뒤집기를 시도하려다
당기고 밀치는 순간
샅바 놓친 섬들

다섯 씨름꾼 눈빛 빛난 한판 막을 내리면
별빛, 이슬 타고 황소 끌고 내려온다
돌 바람 꽹과리 치며
함성 몰고 다닌다

겨울, 제재소 풍경

분분한 세상 모서리 녹슬고 있을 무렵
굳은 만남 맞물려 제대로 더듬으며
부단히 일으켜 세울 자
그대들 중 누구던가

배고픔, 헐벗음 가슴으로 삼킨 채
대팻날 틈새로 하나씩 벗은 연(緣)줄
소박히 엉킨 흰 무늬결
어깨 쓸어 다짐하고

소리 없이 어긋나 불안히 갈라설 때
아프게 못질해 줄 숙련공 다순 손길
건강한 연장선 위로
넌출지는 햇살

겨울, 해안에서

바람이 끊이질 않는 해안 초소는 차갑구나
수평선처럼 휘어지는 초병들 입김
혹한의 기류 형성한다
바위 몇 개
부서지듯

북상하는 열대성 저기압 위력처럼
초소 안 벌겋게 달군 겨울 주전자
심야 속 꽂힌 동면을
별빛을
흔들어 깨운다

군데군데 떠오르는 섬들 어깨 위로
초병의 맑은 눈동자 물비늘 속 햇살처럼
비리게 출렁거린다
소금기 짙은
눈빛 따라

겨울, 갈대

구부러져 흔들리다 한반도 위에 바로 서면
외롭지 않은 것도 끝내 외로워지리
하늘은 해빙기의 얼굴
뽀얗게 부서져 내리고

카랑카랑한 목청으로 시대를 노래하니
누가 알기나 하리, 누가 엄두나 내리
매캐한 최루탄 속에
굽신거림 눕혀다오

색과 얼음의 공화국에 깊게 뿌리내린 삶
버려진 20세기 땅, 나여, 살아 있어라
유연성 있는 몸짓으로
바람 한 점 몰고 있다

갈대

강물처럼 맑은 언어
그대 서서 갈잎 노래

은하(銀河)의 저쪽에서
옥통소 한 입 불면

여인의 순결 훔치러 온
달빛이 휘감긴다

속세 잃은 몸짓으로
귤빛 날개 부나비야

한 모금씩 별빛 먹고
토해내는 서릿칼

서슬은 날개가 되어
시(詩)를 읊는 밤이여

아리랑

살이 우는 이내 아득 갈잎이 깨어 운다
조선의 달 굴리며 사금파리 눈뜬다
긴긴 밤 톱질해대는
풀벌레 울음 따라

오랜 침묵 깨고 고개 위 홀로 서서
피멍 들도록 뿌리 내린 질경이 또한 운다
아, 질긴 민초(民草)의 가락
카랑카랑 살아난다

봄을 그리워하다 싹 틔운 묵씨처럼
아롱히 눈물 거른 햇살 어린 몸부림
사립문 돌담 너머로
목련 되어 피어난다

* 묵씨는 해묵은 씨앗의 줄임말임

비

한 남자가
한 여자에게
혹은 한겨울이
봄에게

그 누구도
모르게
휘어져
내리듯

고요로
물든 세상에
휘어져
내리는 사랑

단풍

가냘픈
혈관을 뚫고
피 한 방울
돈다

척추와
어깨를 지나
손등으로
쏠리는 핏줄

산사람

마음 허물며
내려앉은

햇살

화형식(火刑式)

1. 삼십칠 도 체온이 고스란히 느껴지는
   수백 통 편지의 화형식을 결정했다

   그리움 향해 달려간 열정들이
   한 줌의 재로 남는 시간

2. 지독한 사랑과 배신이 순간순간 교차하는
   내 홈피의 사진과 배경음악의 숨통을

   싸이에 탑재한 마지막 추억을
   거둬들여 처형시켰다

3. 아이러브 스쿨에 지은 낡은 집을 정리하며
   카페 다음, 네이버에 올려진 아바타를 내린다

   기억될 메일의 계정도
   통째로 날려 버렸다

4. 휴대폰에 벨소리와 진동을 타고

   뿌리 내린 하트(♥) 문자와 동영상의 흔적조차

   모조리 삭제시킨 후

   저장된 1번 또한 불태웠다

유언장

1. 아들아, 내 안에 존재하는 장기를 기증해다오
   세상 빛을 밝히는 이의 눈과 심장이 되어

   따스한 사랑을 나눠주는
   희망이 되고 싶다

2. 만약 내 장기가 쓸모없다면 시신을 기증해다오
   다 쓰고 마지막 남은 내 살점과 뼈는 화장하고

   소나무 뿌리에 묻어다오
   수호천사처럼 변함없게

3. 좀 여분이 있다면 내 뼛가루를 화분에 뿌려다오
   나무의 꽃과 잎을 세상에 피워 올릴 수 있도록

   기꺼이 거름이 되고 싶다
   생성하는 뿌리로

4. 염치없지만 도자기에 내 시 한 편을 새겨다오
   그리운 사람 곁에 놓아다오
   보고 싶을 때 볼 수 있게

   지독한 사랑에 취해
   죽은 시인이라고

어느 미용사의 고백

2주 단위로 특정의 미즈헤어 클럽을 간다
언제부터 맘에 꼭 드는 미용사만 찾았다

어느 날 손님 끄는 비결을 묻자
미용철학을 강의한다

나이 든 손님이 오면 내 남편을 대하듯
젊은 손님이 오면 내 애인의 머리를 다듬듯

스스로 최면을 걸었더니
나는 내가 아니더라

진실과 순수의 바다 탐험

―정남채 시인의 시 세계

박한실

(문학박사 · 문학평론가 · 시인 · 시조작가 · 문예창작대학장)

정남채 시인은 강원대 국문과를 졸업한 뒤 경성대 국문과 박사과
정을 수료했다. 월간문학 신인작품상 시조 〈사북〉, 〈바느질〉 당선
으로 문단에 데뷔한 이래, 1996년 시집 『안개가 있는 풍경』(동학사)
을 펴냈고, 2005년에는 〈나무들, 길을 떠나다〉로 계룡문학상을 수
상하기도 했다.

그의 시집에서 작품 경향은 두 흐름으로 되어 있다. 1부에서는
사설시조를 통해, 2, 3부에서는 주로 단형시조, 연시조를 통해, 자
신만의 독특한 시 세계를 전개하고 있다. 전자에서는 사회의 풍자
와 해학, 사람에 대한 그리움에 초점을 맞추고 있고, 후자에서는 서
정적 내면에 시선을 집중하고 있다.

그의 시 '아직도 밝은 빗방울이 세상을 지배하고 있다', '눈뜬 채

그냥 시간만 가라는 식의 기다림은 싫다’ 등은 그리움을 소재로 애절한 내면의 그림을 그리고 있다. 이들 시 속에서 그는 단 한 번의 여행이 될지라도 아예 그리움의 마음 속에 살기로 작정한 시인이 되기로 한다. 다시는 혼자 걸어 나오지 않을 거라고 외치면서, 그리움을 만끽하기를 소망한다.

하지만, 그의 시선은 그리움에만 안주하지 않는다. 이곳 저곳 세상을 둘러보며, 비판의 화살을 연신 쏘아댄다.

〈그리움에게 보내는 편지〉에서는 빨리빨리 습성, 오로지 앞만 바라보고 달리는 자본주의 속성, 정신없이 바쁜 현대인들의 일상, 속도화된 세상 등을 지적하면서, 이를 자신을 되찾는 느림의 미학으로 극복하기를 염원하고 있다.

또 〈백로(白露)〉에서는 절망으로 가득한 도시를 조명하면서, 시대의 순수로 다시 만나길 소망한다. 그리고 이어지는 〈안개가 있는 풍경〉 시리즈에서는 불 같은 열정으로 사회 부조리와 구조적 모순을 질타한다.

〈풍경 1〉에서는 외로울 때 전화 걸 상대가 없는 세상, 돈이 되는 것에만 눈 돌리는 인간들, 오염으로 꽉 찬 도시, 안개 정국 등을 안타까워하다가, 순수한 풀잎들이 이슬과 몸을 섞어 반짝이는 장면을 보며 흥분하고 있다. 한 번 솟구친 그의 질타는 숨 돌릴 틈도 없이 폭포수처럼 내리꽂히고 있다.

〈풍경 2〉에서는 화려함만을 추구하는 세상, 체념에 빠져 살아가는 자들의 습성, 약자 위에 군림하는 자들, 닭대가리 같은 것들, 정신이 아닌 육체의 근육으로 거대한 색의 공화국 등을, 〈풍경 3〉에서는 리어카를 끄는 노인의 슬픔, 허무의 이데올로기, 무기력한 삶 등을, 〈풍경 4〉에서는 지나친 욕망의 삶, 추한 삶을 살아가는 무리들, 서민을 속이는 자들 등을, 〈풍경 5〉에서는 개들의 독백을 통해, 개 같은 사람들, 개 같은 세상을 해학과 풍자로 비판하고 있다.

나아가, 〈풍경 6〉에서는 생활고를 못 이겨 치매 노인을 공원에 버린 자식, 신호등을 무시하고 질주하는 아베크족, 어린애를 치고 도주하다 붙잡힌 뺑소니 음주 운전자, 출장 마사지, 폰팅, 부킹 등으로 뒤틀리고 휘어진 세상 등을, 〈풍경 7〉에서는 육감이 판치는 세상을, 〈풍경 8〉에서는 오래 머물 수 없는 세계의 답답함, 경쾌한 리듬과 쾌락에 길들여지는 세태를, 그리고 〈풍경 9〉에서는 쾌감만 추구하는 세상을 꼬집고 있다.

또, 〈태양이 물 위를 걷고 있다〉에서는 총성과 화약 내음이 거리를 뒹구는 내란, 전쟁, 그로 인한 팽팽한 긴장감 등을, 〈태풍 '매미'에 대한 추억〉에서는 태풍처럼 한반도를 관통하는 한숨과 격정의 숨소리를, 〈출항의 아침〉에서는 수부들의 소금 친 가난을, 그리고 〈서울역 풍경〉에서는 폐인처럼 살아가는 노숙자들, 주소불명의 시신들이 인체 실험용이나 장기기증용으로 활용되는 세상, 하루 일당이 너무 박한 노동자들의 삶, 한 끼의 라면 배급을 받기 위해 몰려드는 소외자들을 다루고 있다.

이를 통해 정 시인이 진정 바라는 것은, 보다 정 깊고 인간적인 삶, 보다 자유롭고 풍요로운 삶, 보다 진실되고 순수한 삶의 도래요 정착일 것이다.

2부, 3부에서는 주로 서정적 세계로 들어가 탐닉하고 있다.

고요로
물든 세상에
휘어져
내리는 사랑
_〈비〉 중에서

비가 내리고 있다. 시끄러움과 긴장감과 허무 등이 잠재워진 고요로운 세상으로 비는 휘어져 내리는 사랑이 되어 내리고 있다. 싱싱하게 파닥이는 은유가 돋보인다.

봄을 그리워하다 싹 틔운 묵씨처럼
아롱히 눈물 거른 햇살 어린 몸부림
사립문 돌담 너머로
목련 되어 피어난다
_〈아리랑〉 중에서

봄이 되면, 모든 몸부림은 목련 되어 피어나 눈부시게 한다. 여기서 직유와 은유의 조화로운 만남이 시를 더욱 감칠맛나게 하고 있다.

바람이 끊이질 않는 해안 초소는 차갑구나
수평선처럼 휘어지는 초병들 입김
혹한의 기류 형성한다
바위 몇 개

부서지듯

북상하는 열대성 저기압 위력처럼
초소 안 벌겋게 달군 겨울 주전자
심야 속 꽂힌 동면을
별빛을
흔들어 깨운다

군데군데 떠오르는 섬들 어깨 위로
초병의 맑은 눈동자 물비늘 속 햇살처럼
비리게 출렁거린다
소금기 짙은
눈빛 따라
_〈겨울, 해안에서〉 전문

심야의 차가운 초소 안일지라도 겨울 주전자는 별빛을 흔들어 깨운다. 여기서, 초병의 눈동자를 '물비늘 속 햇살처럼 비리게 출렁거린다' 로, 이어 '소금기 짙은 눈빛' 으로 표현함으로써, 섬세한 이미지의 멋스런 묘미를 한껏 보여주고 있다.

분분한 세상 모서리 녹슬고 있을 무렵
굳은 만남 맞물려 제대로 더듬으며
부단히 일으켜 세울 자

그대들 중 누구던가

배고픔, 헐벗음 가슴으로 삼킨 채
대팻날 틈새로 하나씩 벗은 연(緣)줄
소박히 엉킨 흰 무늬결
어깨 쓸어 다짐하고

소리 없이 어긋나 불안히 갈라설 때
아프게 못질해 줄 숙련공 다순 손길
건강한 연장선 위로
넌출지는 햇살
―〈겨울, 제재소 풍경〉 전문

대팻날 틈새는 하나씩 벗은 연(緣)줄을 내보내고 있다. 소박히 엉
킨 흰 무늬결 어깨 쓸어 다짐하면서. 이 표현은 시의 세계를 보다
아름답고도 은은하게 빚어내고 있다. 그 솜씨가 마치 건강한 연장
선 위로 넌출지는 햇살처럼 빛나고 있다.

장삼자락 휘감고 한바탕 샅바 싸움한다
한판 쉴 새 없이 모랫벌 뒤흔들고
잡치기 덧걸이에 걸린
섬 하나 쿵 넘어진다

해와 달을 상대로 한 거친 힘겨루기
등대를 들어 뒤집기를 시도하려다
당기고 밀치는 순간
샅바 놓친 섬들
_〈겨울, 오륙도 2〉 중에서

이 시에서 시인은 섬들의 형상을 아주 재치있게 표현해내고 있
다. 샅바 싸움을 하다가 한 판 쉴 새 없이 모랫벌 뒤흔들고 잡치기
덧걸이에 걸린 섬 하나 쿵 넘어진다는 표현은 시적 형상화의 모델
을 보여주고 있다. 게다가, 등대를 들어 뒤집기를 시도하려다 당기
고 밀치는 순간 샅바 놓친 섬들이라는 표현은 이 시의 완성도와 작
품성을 한층 드높여 주고 있다.

미끄러운 물결 어디 유년의 푸른 꿈은
한 뼘 모랫벌로 따스이 잠겼는가
내 눈물 들풀에 휘어
또옥또옥 튕겼네
_〈저무는 강가에서〉 중에서

유년의 푸른 꿈마저 가만히 있지 않고 한 뼘 모랫벌로 잠기고, 눈
물은 들풀에 휘어 또옥또옥 튕기고 있다. 자연에 대한 시인의 애정
어린 시선과 물아일체(物我一體)의 경지는 독자들의 마음과 시선
을 사로잡기에 충분하다.

욕탕 갓 나온 여인의 속살처럼
햇볕 안겨 배냇잠 자던 신생의 무늬결
말갛게 밀어 올리면
하얗게 일어선 눈꽃

미증유 시간 톱밥처럼 뒹군다
톱날 놓여진 이 시대의 화두
한 번은 타올라야 할
진실 켜고 있다
_〈겨울, 목재소 풍경〉 중에서

사물에 대해 열린 시인의 정서는 톱밥까지 안아주고 있다. 톱밥
은 하얗게 일어선 눈꽃으로 일어서고, 더불어 이 시대의 화두는 진
실을 켜고 있다. 속살, 무늬결, 눈꽃, 톱날, 진실 등의 시어들이 마치
한 가족처럼 자연스런 시상의 흐름 속에 잘 배치되어 군더더기 없
는 시적 형상화를 이뤄내고 있다.

반평생 닳은 눈썹 맑은 귀 틔운 한 밤
철없는 손주처럼 무릎 위 놓인 실타래
팽팽한
긴장감으로
살아나는 연(緣)줄이여
_〈바느질〉 중에서

시인의 시선은 어머니의 바느질 정경에 오래도록 머물러 있다.
철없던 시절로 되돌아가, 어머니 무릎 위에 놓인 실타래와 팽팽한
긴장감으로 살아나는 연줄을 연결시키는 솜씨가 절묘하다.

막장 한 켠 가로지른 자갈밭 철길 위로
내 안의 고독을 캐어 자식처럼 태워 보내면
탄가루 폴폴 날리며
까마귀 떼 후다닥 난다
_〈탄전지대 1〉 중에서

녹슬은 삽자루에
송송 맺힌 천길 단애
주름진 눈살마다
하늘 숲 감지하고
한평생 정든 바람결
눈물 마른 깊은 갱구(坑口)
맥마다 묻힌 사랑
캐내어서 다듬고
모닥불에 던져넣으며
정염의 언어 태우고
짙푸른 새벽에 묻힌
들꽃 되어 피었으리
_〈사북〉 중에서

시인의 여정은 어느덧 탄전지대로 향하고 있다. 자아 안의 고독
을 캐어 자식처럼 태워 보내면 탄가루 폴폴 날리며 까마귀 떼 후다
닥 난다라며 시적 화자는 산업화 물결 속에서 힘들게 살아갔던 이
들을 떠올린다. 이어 사북의 갱구로 들어간다. 그곳엔 녹슨 삽자루
가 있고, 주름진 눈살이 있고, 한평생 정든 바람결도 있고, 눈물 마
른 갱구도 있다. 또한 맥마다 묻힌 사랑도 있다. 그 사랑을 캐내어
다듬고 모닥불에 던져넣으며 정염의 언어를 태우는 장면에서 독자
들은 애잔한 가슴을 쓰다듬어 줄 수밖에 없게 된다. 그리고는, 다
함께 짙푸른 새벽에 묻힌 들꽃이 되어 힘겹게 살아온 이들의 삶을
반추하게 된다. 이러한 감정을 공유하게 만드는 시인의 정교한 시
적 표현과 이미지 구현이 놀랍기만 하다.

선연한 새벽 안개 가르며 섬이 뜬다
북한강 허리 감아 올린 비둘기호 등을 따라
물새 떼 눕는 수평으로
기지개를 펴는 아침
_〈경춘선 1〉 중에서

드디어 시인의 가슴에도 섬이 뜨고 있다. 물새 떼 눕는 수평으로
아침이 기지개를 켜고 있다. 이 표현도 싱그럽다. 진부하지 않고 낯
설게 하기를 통해, 상큼한 시적 형상화로 나아가는 솜씨가 부럽기
까지 하다.

돌면서 느끼면서 눈물처럼 흘리면서
소리없이 삼킨 언어 제 흥껏 뱉어내고
비워낸
가슴 가슴마다
사랑 한 줌 채웠네

끝없는 삶의 욕망 묵묵히 삭이면서
경련의 시대마저 말끔히 털어내며
지금은
비워야 하네
산(山)처럼 바위처럼

주저앉는 가난 속에 웃음은 돌고 돌아
봄철 한가운데서 윤기 절로 흐르고
마음을
경작(耕作)하는 소리
잠든 나를 흔드네
_〈맷돌의 노래〉 전문

　결국 시인은 이 세상의 돌출구로 사랑을 택한다. 가슴 가슴마다
사랑으로 채우고, 끝없는 삶의 욕망을 묵묵히 삭히면서 털어낼 건
털어내고 비울 건 비운다. 산처럼 바위처럼. 그러자, 주저앉는 가난
속에서 웃음이 돌기 시작한다. 계절의 시작과 함께 윤기가 절로 흐

르고 마음의 경작이 시작된다. 드디어 시적 자아는 오랜 잠에서 깨어난다. 시인의 정서는 아주 물 흐르듯, 자연스럽고도 경이롭게 새소망으로 나아간다. 시상의 무리 없는 흐름과 정교한 시적 형상과 선명한 이미지 구현의 힘을 빌어, 시인의 시 세계는 탐스럽고도 우아하게 개화하고 있다.

바다로 통하는
물가에
바람
띄우면

반짝이는
물비늘 날리며
어둠 밝힌
출항선

화강암
눈물을 딛고
먼저 돌아온
샛별
_〈채석장〉 전문

이제 서정적 자아는 반짝이는 물비늘 날리며 어둠 밝힌 출항선을

타고 새 출발을 서두르고 있다. 눈물을 딛고 먼저 돌아온 샛별처럼,
화강암 같은 삶은 인생을 보다 밝고 희망차게 보다 싱그럽게 개척
해 나갈 것이다.

　내 안에 뜨는
　붉은 달을
　아득히
　굴리며 간다

　절절한 그리움
　돌돌 말아
　피 토한
　울음

　가슴 속
　사랑 꺼내어
　주저앉은
　아침
　_〈촛불〉 전문

　시인의 가는 길은 예사롭지 않다. 자아 안에 뜨는 붉은 달을 아득
히 굴리며 가기 때문이다. 마치 이승의 삶을 달관한 듯, 세상에 대
한 아귀다툼에서 벗어나 세상을 널리 관조하며 성숙한 자아로 세상

을 대하고 있다. 그럼에도 불구하고, 시적 자아는 그리움만은 어쩌지 못한다. 여전히 돌돌 말아 피 토한 울음으로 껴안기는 절절한 그리움, 차마 그걸 외면할 수는 없다. 그래서 시인의 가슴은 여전히 외롭다. 그런데도 외롭지 않다. 왜냐하면, 가슴 속 사랑 꺼내어 주저앉은 아침이 있으므로. 그 아침이 있는 한, 시인은 좌절하지도 슬퍼하지도 외로워하지도 않을 것이다. 거대한 꿈을 안고 섬세한 정서를 피워내며, 세상의 모든 사물을 이미지로 그리며, 그 안에 담긴 의미를 탐구하며 나날이 치열하게 살아갈 것이기 때문이다.

이런 식으로, 잠시나마 정 시인의 시 세계를 탐닉해 보았다. 그 속에서 심미적 가치를 찾고 맛을 보며, 즐거운 시간을 보낼 수 있어 행복했다.

앞으로도, 정 시인이 지속적으로 좋은 시를 써서, 독자들을 감동시켜 주기를 바란다. 한 가지 부탁이 있다면, 주제를 밖으로 노출하지 말고, 되도록 이미지와 리듬이라는 그릇 속에 담아내는 시적 형상화 작업과 치열한 시 정신에 기초한 창작에 좀 더 힘써 주기를 소망해 본다. 정 시인의 무한한 정진을 기원한다.